손맛

박종대

1995년 《시조문학》 등단. 시조집 『태산 오르기』『눈맞추기놀이』『개떡』『왕눈이의 메시지 49』『칠칠 동산』『풀잎 끝 파란 하늘이』『동백아래』『그러던 어느 날 - 알츠하이머 간병일기 抄』『노모老母』『손맛』. 한국시조문학상, 올해의시조문학작품상, 월하시조문학상, 정형시학작품상 등 수상. 2019 ARKO 문학나눔에 선정.

1932년 전남 법성포 출생. 법성포소학교, 광주농업학교, 서울대학교 사범대학 국어과 졸업. 중등학교 교사, 장학사, 장학관, 교장 등 교직 생활. 서울대학교 재외국민교육원 근무가 계기가 돼, 도쿄 주일본국 대한민국대사관 교육관, 주후쿠오카 대한민국총영사관 영사, 후쿠오카 한국종합교육원 초대 원장 등 외교직 생활.

zerohousekr@daum.net

손맛

—

초판 1쇄 2021년 4월 30일
지은이 박종대
펴낸이 김영재
펴낸곳 책만드는집

—

주소 서울 마포구 양화로 3길 99, 4층 (04022)
전화 3142-1585·6
팩스 336-8908
전자우편 chaekjip@naver.com
출판등록 1994년 1월 13일 제10-927호
ⓒ 박종대, 2021

—

—

ISBN 978-89-7944-758-3 (04810)
ISBN 978-89-7944-513-8 (세트)

한국의 단시조

030

손맛

박종대 시집

책만드는집

그동안
선후배 동료 친지들께서
알게 모르게 보내 주신
알뜰한 보살핌에 힘입어
이렇게라도 참 잘 지냈습니다.
고맙습니다.
안녕히 계시옵소서.

2021년 4월
박종대

| 차례 |

1부   함박눈

2부 손맛

3부   육풍하고 해풍이

4부   혼밥

1부

함박눈

서울에도

하얀 눈이 내립니다
눈감으면 어떻다던

다른 데하고 똑같이
하얀 밭이 됩니다

풀 없는 밭 어디 있겠느냐고
소복소복 쌓입니다

함박눈

펄펄
수만 송이송이
수만 그리움 그리움

예쁜 바람에 나울나울
안아 보고 안겨 보고

저 시간
천천히 잘 만나 보라고
가다 서다 느릿느릿

머리 위의 눈

비석 위의
나무 위의
장독 위의 저 눈

이상하게 달리 보이지
새하얀 사랑이야

우리도
우산 쓰지 말고
맞으면서 가 볼까

잔설殘雪 위에

눈雪 향기가 모여 있다
가실 때가 지났는데

어서 가야 하는데도
차마 잔설을 놔두고

잔설은
괜찮아 괜찮다니까
그냥 빨리 가라구

봄눈

애들 봐
웬일이야
뭐 잊은 것이라도

천천히 여기저기
돌아보고
둘러보고

함박눈
내린 뒤
잘하고 있나
보러 왔지 너희가

실개울

가늘디가는 친구가
해도 달도 담으면서

내 몸 안의 실핏줄도
자네처럼 그러면서

닮았지
우리 졸졸 졸졸
세상 같이 가는 거다

무서운 얼굴 험한 얼굴

저쪽에서
혼자 오는 자네 얼굴
무섭더라

자네 얼굴도 그랬어
험해 보이더라구

두 얼굴
만나자마자 우아
부드럽고 예쁘고

저기 저 흰 구름

저 하늘의
외로움으로 산다는
저 흰 구름

둥둥 뭐 하고 있나요
어린 외롬들 데리고

저기 저
아래 세상에도
친구들이 산단다

구름 산책

구름
자네들은
무슨 할 말이 그리도 많노

만날 때마다
새 모습
알아듣지도 못하는데

아니야
잘 알아듣고 있다구
자네 속이

안 그래?

저 구름에 저 하늘이

점잖은 저 하늘도
가끔 놀고 싶은 때가

별들의 한恨
가져다가

새하얀 춤
지어 놓고

어어 저
취했어
취했다
막 시퍼레 버렸다이

나무

눈 귀가 어디 있는지
보기도 듣기도 하고

말도 하는 것도 같은데
알아듣기 어렵고

그런데
만지는 대로 가만있는다
그대로 그대로

당산나무

높고 높은 우듬지
뿌리가 궁금하다

잘 크고 잘하고 있는 것을
보여 드리고 싶은데요

뿌리는
그 모습 보시지 않아도
잘도 아신답니다

나무 아래 누우면

그냥 보는 하늘보다
그냥 보는 구름보다

나뭇가지 사이사이로
보는 하늘 보는 구름

좋거니
이 가지 저 가지
이약이약 들으며

2부

손맛

몽돌 해변

산바람에 사운대는
흙냄새 나무 냄새

옵니다 왔습니다
파도가
그놈 만나러요

쏴 쏴쏴
좋아났습니다
몽긋몽긋 몽돌이도요

손맛

김장하는 저 손
저 손들 좀 봐
저 얼마나 예쁘냐구

고운 마음이 손끝에
맛깔스러운 감칠맛

손맛이
어찌 그뿐이랴

손일아 너 가면 안 돼

호흡呼吸이

내쉬고 들이쉬고
또 내쉬고 들이쉬고

호呼했다
흡吸했다
호呼했다
흡吸했다

몰랐지
그러기를 자그마치
그래그래 알았어

호수 거울

산 마음 하늘 마음
끊임없이 내려 받아
고스란히 간직해 온
저 산 거울 하늘 거울

뭐든지
받아 줄 것 같은 저 잔잔
우리는 어찌 비출까

그 나

합장하고 있던 내 옆
똑같이 합장하고 있던

알른알른 본 듯한 그
나와 같은 처진가 봐

아니야
나 바로 나였어
어려운 때 같이해 준

별들의 가을걷이

알뜰히 키워 낸 단풍
몸은 땅에
맘은 하늘로

그 마음 땅의 마음
오롯이 별들 품에

칠성은
어찌 비출까
우리 이야기 이약이약

마중 배웅

같이 먹고 자고 할 땐
이냥저냥 지내다가

보내고 맞을 때는
불현듯 빛이 번쩍

해님도
뜨고 질 때는
불덩이거든 불덩이

황소의 눈

하자는 그대로만
그렇게만 지낼 거야?

그 커다란 눈망울로
뭐라고 좀 해 보라구

우리가
안쓰럽단 말인가?
말똥말똥 말끄러미

바다가

어서 와 보시라는
그 소리에
가 봤더니

한다는 소리가
누구냔다
나 나라구

그래도
좋긴 좋구나
다음에는 자네를

가을 우리 숲정이

높은 산의 그것처럼
의젓하지는 못해도

재잘재잘
귀여워라
고얀 이웃 성화에도

고마워
그래
그렇게
같이 가요 겨울로

그 외로움

이렇게 울창한 숲으로
우러나오게 되다니

타고나신 외로움이
얼마나 깊고 넓었으면

뉘시오
그 외로움은
갖고 놀기 좋겠소

시간의 고독

기다려 주지 않는다고
빨리 가 주지 않는다고

그런 원망이야
열 번도 좋지마는

이렇게
한결같이 똑같이만
한없이 똑같이만

잠깐

아무도 없는 줄 알고?
하늘은 물론이고

저 나무 눈 좀 봐
저 바위 못 본 척

아니야
아무것도 아니야
깃 여미고 심호흡

3부

육풍陸風하고 해풍海風이

연행 連行

저 숱한 사람들이
겁나네
한 뭉텅이로

끌고 가는 이는
어디 있고 어디 계시고

서로들
끌고 끌려 가는가

저런 저런
그 그렇지!

입무入無 출무出無

여기가 그 입군가
아니 그 출군가

들고 난다 해도
똑같은 여기 거기

그래도
어제 무하고
오늘 무는 다른데

아니요, 잘 보신 겁니다

산
하늘만 보다가
거리에 나와 보니

오가는 남녀노소
어쩜 저리들 예쁘냐

안 예쁜
없다 없어 다 예쁘다

잘못 봤나?
산
하늘을?

시간하고 공간이

우리더러 무심하답니다
역시 그런 원망이지요

빠르기나
넓이를 좀
요새처럼 위태로울 땐

우린들
어쩌겠습니까
없습지요 묘책이

이러면서 이러다가

그대로 안녕하신가
그래 그냥 이냥저냥

산처럼
물처럼
꿈같은 얘기고

일 났다
왔어요 왔어
펑크야 펑크라구

육지의 섬

안기고 업혀서
길게 자리 잡은 저 산줄기

섬이다 섬
육지에 있는
믿음직한 어른스런

있을까
저 끝에 가면
입구가
출구가

우리에게도

산이 저리 의젓하게
견뎌 낼 수 있는 것은

구름이
바람이
해가 있어라는데요

자주 좀
만나자거든요
글쎄 우리에게도

육풍陸風*하고 해풍海風**이

넌 왜 밤에
넌 왜 낮에
우리
정상正常이 아니지

어쩌냐 저 해송海松 육송陸松

다 그 인풍人風 덕분이다

그놈이
뉘우치고는 있다구?
어쩔는고 천풍天風은

* 밤에 육지에서 바다로 향하여 부는 바람.
** 낮에 바다에서 육지로 부는 바람. (표준국어대사전)

공기空氣 주걱

저기 저런
안 돼 안 돼
눌어붙을라 우리 세상

이리저리
살살 싹싹
꽃 피고 열매 맺게

그렇지
포근포근 몽실몽실
우리 우리 마음도

옛날 옛적

위로 산
아래로 물
서로 보고 사는 남향

부르고
대답하고
살펴주고
일러주고

그 중턱
우리 오길 기다렸지
척 안기는
선남선녀

일개미

애들아 애들아
천천히 좀 천천히

오로지 일 생각에
일로만 가는구나

아무리
일복 타고났기로
일로 살다 일로 갈래?

4부

혼밥

혼밥

맞다 꼭 그 된장국
잘 끓였다 꼭 그렇게

모락모락 김 속에
도란도란 그 얼굴

안 먹어
안 먹어!
안 먹어!!

누구
누구한테 화를?

어두워지면

외로운 혼자가 된다
훤할 때는 몰랐다가

불을 켠다
비참해진다
보기 싫어 꺼 버린다

그러다
칠흑이 되고 나면
꼼짝없는 혼자다

산들바람 불어오면

산들산들
무엇인가
꼭 안고 올 것 같은

얼굴에 가슴에

저기 저 온다 와

왔구나
오래간만이네
허망 허망이로다

그 골목길

그 시절 너울너울
문득 발을 멈춘다

다정이 다닥다각
그 모습 그 눈동자

부르면
나올 것도 같은
불러 볼까 불러 봐?

이런 때는

소리라도 질러 봤으면
크게 왕창 크게

돼지 멱따는 소리?
죽는 소린데
그래라도?

어무니!
허허 어쩌시다가
맞다
그래
어무니!

그 노래 그 길목

불러요 그 노래
우리 그 목소리로요

걸어요 그 길목
우리 그 걸음으로요

잘 자요
그때 그 노래 그 길목
꼭 품고요
잘 자요 잘

기억 너머 기억들

언제 어디서던가
조그마한 일들이

환하게 또는 어둡게
가끔 아니 수시로

고마워
지금의 이 나는
바로 자네들이었는가

한번 꼭 가 보고 싶은

가 볼 수가 없어서
더더욱 가 보고 싶은

뭔가가 그대로 남아서
기다리고 있을 것 같은

생각의
생각의 눈이여
자네 자네라야겠지

한밤중 식탁 위의 냉수 컵

— 속續그러던 어느 날 — 알츠하이머 간병일기초

내가 잠들었었네!?
그새
컵 넌?
마님한테?

그래 어찌
어쩌시던

애가
너도
울었구나!

날 새면
잘 계시더라고
앉으시던 의자에게

같이 가는 세상을 꿈꾸는 동심童心에 고졸古拙을 담다

김일연 시인

가슴이 먹먹해지는 「시인의 말」과 함께 보내온 박종대 시인의 원고를 읽으며 다시 한번 『장자』 내편의 이 말씀을 기억했다.

'물이 괴어 쌓인 것이 깊지 않으면 큰 배를 띄울 만한 힘이 없다. ……

바람이 두터이 쌓이지 않으면 큰 날개를 짊어져 띄울 만한 힘이 없다. ……

가까운 교외의 들판에 나가는 사람은 세 끼니의 밥만

먹고 돌아와도 배가 아직 부르고, 백 리 길을 가는 사람은 전날 밤에 식량을 방아 찧어 준비해야 하고, 천 리 길을 가는 사람은 삼 개월 전부터 식량을 모아 준비해야 한다. ……

작은 지혜는 큰 지혜에 미치지 못하고 짧은 수명은 긴 수명에 미치지 못한다. 조균朝菌은 한 달을 알지 못하고 쓰르라미는 봄, 가을을 알지 못하니 이것이 짧은 수명의 예이다. 초나라 남쪽에 명령冥靈이라는 나무가 있으니 오백 년을 봄으로 하고 오백 년을 가을로 삼는다. 옛날 상고에 대춘大椿이라는 나무가 있었으니 팔천 년을 봄으로 하고 팔천 년을 가을로 삼았다.'

1932년생인 시인은 이제 병마와 싸우며 병석에 계신다고 한다. 여태껏 한 번도 읽어본 적이 없는, 이렇도록 구순의 병석에 이르기까지 명석한 인식으로 창작열의 열정을 불태워 또 새로운 시집이자 마지막 시집을 준비하며 써 내려갔을 「시인의 말」을 다시 읽는다.

그동안
선후배 동료 친지들께서

알게 모르게 보내 주신
알뜰한 보살핌에 힘입어
이렇게라도 참 잘 지냈습니다.
고맙습니다.
안녕히 계시옵소서.

요절한 천재보다는 긴 생애를 통해 부단한 열정으로 평생 '나의 길'을 완주한 사람을 진정한 현대의 영웅이라고 한다면 구순의 생애를 통해 교직 생활과 주후쿠오카 대한민국총영사관 영사, 후쿠오카 한국종합교육원 초대 원장 등의 직책에 골몰하면서도 아홉 권의 시조집과 한 권의 시조선집으로 끊임없이 삶의 의미를 궁구하며 살아온 시인이야말로 그러한 칭송을 들을 만하지 않은가.

언제 어디서던가
조그마한 일들이

환하게 또는 어둡게
가끔 아니 수시로

고마워

지금의 이 나는

바로 자네들이었는가

  –「기억 너머 기억들」 전문

합장하고 있던 내 옆

똑같이 합장하고 있던

알른알른 본 듯한 그

나와 같은 처진가 봐

아니야

나 바로 나였어

어려운 때 같이해 준

  –「그 나」 전문

    작품의 감상은 지은이의 심정을 함께 느껴보는 것이라
했으니 그의 지긋하고도 원숙한 마음자리를 따라가며 작
품 속으로 들어가 보면 먼저 "언제 어디서던가" 있었던,
"환하게 또는 어둡게" 혹은 "가끔 아니 수시로" 오던 "조

그마한 일들"과 만나게 된다.

언제 어디에서 누구와 만나고 헤어졌던가. 인생이란 항해에서 만난 얼마나 환한 기쁨이었으며 얼마나 어두운 슬픔이었나. 그것은 긴 기다림 끝에 아주 더디게 온 것이었던가 아니면 늘 내 곁에서 수시로 일렁거리던 빛이며 그림자였을까. 그러고 보니 기실 그러한 것들이 바로 "지금의 이 나"를 만든 "자네들"이었구나.

"합장하고 있던 내 옆/ 똑같이 합장하고 있던" 그이, 무슨 간절함이 그이에게도 있었을까 "나와 같은 처진가 봐" 생각한, 어디서 "알른알른 본 듯한 그"가 이제 보니 "바로 나"였지 않은가. 삶의 무게에 힘겨워하고 어려워할 때 나와 함께 합장해 주던 그가 바로 나였다는, 불현듯 깨친 깨달음.

'모든 존재는 저것彼 아닌 것이 없으며 모든 존재는 이것是 아닌 것이 없다.' 그러나 '시비에 대한 판단을 자연天에 비추어' 보면 '시是와 비非의 구분이 무화無化된 상태에서는 시是가 또한 피彼가 될 수 있으며 피彼 또한 시是가 될 수 있으므로 …… 그렇다면 과연 피彼와 시是의 구분이 있는 것인가.'

시인은 이제 나와 너, 사람과 사물의 시비是非가 무화無
化된 자연의 경지로 나아갔는가. 내가 만난 모든 세상이
바로 나 자신이었다는 대오大悟의 시를 읽으며 '나는 자연
이 아닌, 나에 비추어 시비를 가리며 평생을 살아가고 있
는 거로구나'라는 깨침을 가져야만 했다.

그리고 또 한 가지 놀라운 일은 이렇듯 큰 지혜가 이렇
듯 쉽고 명쾌하게 그려지고 있음이었다. 시인의 내공이
쌓아온 '깊은 물'과 '두터운 바람'은 어떤 것일까.

비석 위의
나무 위의
장독 위의 저 눈

이상하게 달리 보이지
새하얀 사랑이야

우리도
우산 쓰지 말고
맞으면서 가 볼까

－「머리 위의 눈」전문

그의 시조는 이처럼 눈의 "새하얀 사랑"과 같은 청정무구의 사랑에서 나오고 있었다. 깨끗하고 순결한 마음자리. 이 청정무구한 사랑의 마음은 절로 모두에게 전파되는 것. 이 시조의 종장, "우리도/ 우산 쓰지 말고/ 맞으면서 가 볼까"에서 한 행으로 강조된 첫 구 '우리'에 와서 너와 내가 함께하는 사랑으로 이어진 것이다. 시인은 "비석 위"에도 "나무 위"에도 "장독 위"에도 고루고루 차별 없이 내리는, 세상이 "달리 보이"는 마치 혁명과도 같은 "새하얀 사랑"의 눈을 "우산 쓰지 말고" 같이 맞으며 걸어가자고 말하고 있다. 참 쉽건만 "이상하게"도 역시 시인의 다른 시조에서처럼 그 의미는 이리 깊기만 하다.

다시 아이가 된다는 말이 있다. 평생 소나기와 태풍을 이겨 쌓아온 물과 바람은 이제 깊이를 모르는 바다의 고요와 가을 저녁 산들바람의 평안을 얻었는가. 세상의 화려한 꾸밈 속에 묻혀버린 참된 말이 아이들의 말과 같은 천진으로 단시조의 고아한 정형 위에 얹혔다. 그러나 그것은 단순한 동심의 말이 아닌, 경계를 무화한 성숙할 대로 성숙한 노년의 발화인 것이다.

'큰 도는 일컬어지지 아니하고, 큰 말은 말하지 아니하며, 크게 어진 행위는 어질지 아니하며, 크게 깨끗한 행위는 겸손한 체 아니하며, 큰 용맹은 사납게 굴지 않는다'라고 했다. 그것은 바로 대교약졸大巧若拙, 큰 솜씨는 서투름과 같다는 말과 통하는 말이 아닌가. 모든 거리낌을 벗어버린 마음의 자유 안에서 어린아이처럼 단순해지고, 어린아이처럼 단순해진 그 동심 안에서 시가 곧 마음, 마음이 곧 시가 되어 절로 발화되는 경지야말로 진정 '큰 기교'가 아닌가 싶다.

가늘디가는 친구가
해도 달도 담으면서

내 몸 안의 실핏줄도
자네처럼 그러면서

닮았지
우리 졸졸 졸졸
세상 같이 가는 거다

실개울은 가늘디가늘지만 그 가는 몸에 "해도 달도 담으면서" 간다. 이만한 초장을 얻기도 쉬운 일은 아니다. 그리고 실개울에서 내게로 시상이 옮겨 온 중장, 이 강산에 사는 "내 몸 안의 실핏줄도"이 강산에 뜨고 지는 "해도 달도 담으면서" 흐르고 있다는 발견. 그리고 이어 "실개울"과 나는 "해도 달도 담으면서" 닮은 모양으로 "졸졸 졸졸" 같이 가고 있으니 그렇게 세상 같이 가자는 전언의 종장에 이른다. 시의 흐름이 실개울처럼 반짝이며 흐르고 있다. 진정 실개울은 이 강산의 실핏줄에 다름 아니니 다시금 "지금의 이 나는" 또다시 "바로 자네들이었는가"의 통찰에 도달하고 있는 것이다. 자연과 내가 하나 되어 함께 가는 지극한 도의 경지를 참으로 담박하게 이르고 있는 시조가 아닌가.

이러한 고졸古拙. 그 고졸이란 어떻게 얻어지는 것이던가. 그것이야말로 '긴 수명'을 다하는 '큰 지혜'가 평생 나의 길을 완주해 가고 있는 사람과 함께하는 영광을 얻었을 때 오는 것이 아니던가.

저 하늘의

외로움으로 산다는

저 흰 구름

둥둥 뭐 하고 있나요

어린 외롬들 데리고

저기 저

아래 세상에도

친구들이 산단다

　–「저기 저 흰 구름」전문

저기 저런

안 돼 안 돼

눌어붙을라 우리 세상

이리저리

살살 싹싹

꽃 피고 열매 맺게

그렇지

포근포근 몽실몽실

우리 우리 마음도

   –「공기空氣 주걱」 전문

  시인의 동심을 순연하게 드러내 보이는 시조들이다. "저 하늘의/ 외로움으로 산다는/ 저 흰 구름// 둥둥 뭐 하고 있나요/ 어린 외롬들 데리고", "이리저리/ 살살 싹싹/ 꽃 피고 열매 맺게// 그렇지/ 포근포근 몽실몽실/ 우리 우리 마음도"와 같은 시구들은 시인의 동심을 그대로 드러내 보인다. '둥둥' '살살 싹싹' '포근포근 몽실몽실'의 예쁘고 정겨운 의성어, 의태어들이 자연스럽게 한몫을 하고 있기도 한다. 그런데 그런 그의 동심은「저기 저 흰 구름」의 "저기 저/ 아래 세상에도/ 친구들이 산단다"와 「공기 주걱」의 "눌어붙을라 우리 세상"에 와서도 역시 함께 사는 세상에서 자연과 인간이 잘 어우러져 살아가기를 바라는 어른의 배려와 염려가 함께하고 있음을 볼 수 있다. 더불어 사는 세상에 대한 이런 배려와 바람은 이처럼 그의 시조 전편에 흐르고 있다. 시인의 노래는 너와 내가 하나인 노래이며 함께 사는 우리에 대한 노래들인 것이다.

하나 사랑이 깊을수록 외로움도 깊으니 세상에 대한
애정과 사랑 없이 부를 수 없는 이런 노래는 또한 지독한
외로움을 견뎌보지 않은 사람은 부를 수 없는 노래이기
도 하다. 나는 시인이 지독한 외로움을 이겨낸 사람임을
다음의 시조를 통해 느낀다.

> 외로운 혼자가 된다
> 훤할 때는 몰랐다가
>
> 불을 켠다
> 비참해진다
> 보기 싫어 꺼 버린다
>
> 그러다
> 칠흑이 되고 나면
> 꼼짝없는 혼자다
> ―「어두워지면」 전문

"불을 켜"면 "비참해지"고 비참해진 내가 "보기 싫어"

불을 "꺼 버리"는 지독한 외로움 속에 시인은 있다. 주변의 그 많던 사람들은 다 어디로 갔나. 그러나 그러한 외로움 속에서도 시인은 고요히 세상을 들여다본다.

　　저 숱한 사람들이
　　겁나네
　　한 뭉텅이로

　　끌고 가는 이는
　　어디 있고 어디 계시고

　　서로들
　　끌고 끌려 가는가

　　저런 저런
　　그 그렇지!
　　　－「연행連行」 전문

　　"끌고 가는 이"도 보이지 않는데 사람들은 "서로들/ 끌고 끌려 가"며 어디론가 "한 뭉텅이로" 지향도 없이 가고 있는 것이 현대인의 모습 아닐 것인가. 시인은 홀로 칠흑의 외로움 속에 있지만 사람들은 군중 속의 외로움 속에 있는 것을. 그러니 홀로 칠흑의 외로움 속에서 지향 없이 쓸려 오가는 군중 속의 외로움을 보아내는 것 또한 시인의 혜안일 것이다.

지금은 첨단기술, 그중에서도 인공지능의 시대이다. 사람이 하던 많은 단순한 일들을 기계가 대신함은 물론이고 인간이 아니면 할 수 없다고 생각되었던 영역까지 첨단기술을 장착한 기계들이 하고 있다. 바둑도 두고 그림도 그리고 수술도 하고 차도 운전하고 이제 곧 시와 소설도 쓸 거라고 한다.

인류는 포스트모더니즘, 해체주의를 거처 포스트휴머니즘의 시대에 와있다. 국제적 음식으로 자리매김한 한국의 김치도 가정마다 특색 있게 담가 먹던 것을 김치 공장이 빠르게 대신하고 있다. 마음을 듬뿍 담은 맛깔스러운 김장, 남녀노소 온 가족이, 혹은 이웃이 함께 둘러앉아 김장하던 그 단란하던 모습을 추억하는 것도 그리 길지는 않을 것이다.

김장하는 저 손

저 손들 좀 봐

저 얼마나 예쁘냐구

고운 마음이 손끝에

맛깔스러운 감칠맛

손맛이

어찌 그뿐이랴

손일아 너 가면 안 돼

　－「손맛」전문

　음식의 맛은 손끝에 묻어나는 정성의 맛이다. 살아보
면 알리라, 비단 음식뿐 아니라 정성을 쏟지 않고 이룰 수
있는 일이 있던가. 기계와 로봇이 대신하지 못할 인간의
일은 '정성'이라고 언젠가는 증명하게 되리라.

　우리 시대에 어른이 안 보인다고 하지만 시인 어른이
일러주신다. "손맛이/ 어찌 그뿐이랴// 손일아 너 가면 안
돼"라고.

시인의 담박한 시조는 그 심오한 깊이에도 불구하고 노랫말과 같은 정겨움을 가지고 있다. 자꾸 읽어보면 곧 노래가 되어 나올 것만 같다. 우리의 몸에 밴 시조의 가락도 가락이려니와 그 가락에 얹힌 시어들이 쉽고도 소박하여 친근하게 다가오는 것이 우리 시조의 가야 할 길을 보여주는 시조들이기도 한 것이다.

불러요 그 노래
우리 그 목소리로요

걸어요 그 길목
우리 그 걸음으로요

잘 자요
그때 그 노래 그 길목
꼭 품고요
잘 자요 잘
 -「그 노래 그 길목」 전문

병마와 싸우고 있는 노년의 시인이 우리에게 부드럽고 다정하게 자장가를 불러주신다. 자장가는 애이불비哀而不悲…… 슬픈 듯 슬프지 않고 드러낼 듯 감추고 있다. 그 애이불비의 등불처럼 시인의 시들이 "서로들/ 끌고 끌려 가는" 시대의 모진 바람에 사월 듯 사위지 않는 바알간 빛을 낸다. 늦가을 어두워지는 하늘에 걸어둔 까치밥, 현자의 일등一燈 같은 그것이 시인의 어둠을 밝히고 있으니 시인이여 더 이상 외로워하지 마시라 말씀드린다. 포스트휴머니즘 이전 단군 할아버지 때부터 우리는 이미 자연과 하나 되는 염원으로 살아왔고 그 자연 안에 있는 온갖 생명, 그들의 영혼들과 함께하고 있으니 이 발문의 처음에서 일찍이 나와 너, 그 경계를 지우신 시인이 아니신가.

시인의 자장가를 들으며 오늘 밤은 곤한 잠을 자야겠다. 시인께서도 편안히 주무시고 내일 아침 솟는 해처럼 가뿐한 기운으로 일어나셨으면 한다.